J'AI 8 ANS
ET JE M'APPELLE JEAN ROCHEFORT

ADÈLE FUGÈRE

J'AI 8 ANS
ET JE M'APPELLE JEAN ROCHEFORT

ROMAN

BUCHET • CHASTEL

ISBN : 978-2-283-03855-0

Avant-propos

Jean Rochefort est partout dans ce livre.

Dans les clins d'œil et au détour des mots, des phrases et des chapitres.

*Il a bien habité Saint-Lunaire, village où vit Rosalie, cette petite fille dépressive de 8 ans. Grenier-Hussenot fut le nom de la compagnie de théâtre qu'il rejoignit après la guerre. Jean-Pierre fait référence à Marielle, Édouard à Baer et Vincent à Delerm. Évidemment Étienne Dorsay, le héros d'*Un éléphant ça trompe énormément *et de* Nous irons tous au paradis. *Évidemment le cheval. L'évocation de Rachida Dati, maire* *du 7e arrondissement de Paris, celle de sa grande amie Mylène Farmer, ou de Barbara et Johnny Depp n'est pas un hasard non plus.*

J'ai aussi inséré, au fil des dialogues et conversations entre les différents personnages, les « vrais » mots de Jean Rochefort, lus, vus et entendus au gré de ses interviews. Des « vérités » à elles toutes seules.

Il a vraiment parlé de la condition – selon lui inhumaine – des poulets, de l'anthropophagie, de l'absurdité de la vie, de la condescendance vis-à-vis des « petites gens », de la difficulté d'écrire, du ping-pong, de la tristesse de Nantes avec tout l'humour, la subtilité et le burlesque qu'on lui connaît. Oui, il qualifiait bien ses baskets de « prothèses festives ». Oui, il disait bien « sensass ! ».

Et puis la moustache. Parce que Jean Rochefort ne peut exister sans moustache.

Parce qu'elle est l'élément central de cette histoire qui va petit à petit ramener Rosalie à la joie et à une certaine sérénité.

– Rosalie –

Je m'appelle Rosalie. Rosalie Pierredoux. J'ai 8 ans. J'habite Saint-Lunaire. C'est en Bretagne. J'habite Saint-Lunaire avec mes parents. Ils sont cool, mes parents. Ils ne me grondent pas trop. Je suis en CE2. Mon école c'est l'école Grenier-Hussenot. C'est à Saint-Lunaire. Aussi. Je suis dans la classe de Jean-Pierre. Jean-Pierre, c'est mon maître. Il est « sensass » ! Vous ne savez pas ce que ça veut dire « sensass » ?

Ça veut dire vachement bien. Cool. Comme mes parents. C'est un vieux mot que m'a appris mon papy. Je l'aime bien. Ce mot. Et mon papy aussi.

J'aime bien mon papy parce que c'est mon papy. Des fois, c'est plus simple de lui dire des choses parce que c'est justement mon papy. Pas mon papa. Pas ma maman. Pas mon ami non plus.

Quand on est dans la même génération, on a des pudeurs comme on dit. C'est pour cela que j'aime bien mon papy.

Mais j'ai un meilleur ami aussi. Il s'appelle Simon. Il ne parle pas beaucoup. Je crois que c'est pour ça que c'est mon ami. Parce qu'il ne parle pas beaucoup. Les autres, ils trouvent qu'il est bizarre. Qu'il n'est pas comme nous. Il n'a pas l'air très intelligent comme ça, mais Simon, ce n'est pas qu'il n'est pas intelligent, c'est qu'il l'est trop. Et ça, ça l'encombre. Alors il essaye d'échapper au reproche qu'on lui fait parfois qui est de tout cérébraliser en ne parlant pas trop. En se faisant petit.

Simon, il est glandulaire. Et je l'aime bien pour ça.

J'aime bien le ping-pong. C'est mon papy qui m'a appris à en faire. Il m'apprend plein de choses, mon papy. Mais il m'a surtout appris ça. Le ping-pong. Il joue encore pas mal pour son âge. Il a encore des « techniques », comme il dit. Ce n'était pas un champion mais il se débrouillait pas mal quand il était jeune. En tout cas, c'est ce qu'il m'a dit. Il adorait ça. Il en faisait beaucoup. Il sait jouer parce qu'il y a longtemps, il donnait des leçons à des dames. Et ça, les dames, ça le motivait à progresser.

Mais maintenant, c'est moi qui en fais avec lui. J'ai remplacé les dames.

Mais il trouve ça bien aussi. Il dit que c'est moins compliqué à gérer.

J'ai des bêtes chez moi. Des animaux. J'ai des pigeons. J'ai un chien. J'avais deux faisans dorés mais je ne les ai plus parce qu'une martre me les a dévorés en une nuit. Vous savez ce que c'est qu'une martre ? C'est une sorte de fouine.

Mais ce que je préfère c'est amuser la galerie. Ça n'a pas l'air comme ça mais je suis rigolote. Souvent, on dit : « Rosalie, elle est rigolote. » Au fond, je ne me prends pas du tout au sérieux. Faire la folle avec une bande de copains suffit à mon bonheur. J'ai plein d'humour. Je suis remplie d'humour. J'aime rire. J'aime faire des espèces de farces, des mises en boîte.

Mais de temps en temps, ça va moins bien. Je me renferme. Comme dans une tour d'ivoire. La note du bel humour est souvent très lourde. Il faut payer cher pour être une rigolote. Quand on veut amuser les autres, on se doit d'être douloureux soi-même. Il faut forcément y laisser des plumes, sinon le public, il ne s'amuse pas. Moi, des fois, je laisse des plumages entiers, comme mes faisans dorés. Des fois, je suis triste, mélancolique. Je doute beaucoup. De tout. De moi. C'est comme si j'avais du mal à m'adapter à la réalité. Dans ce cas, je suis incapable de me concentrer sur des choses qui ne m'intéressent pas. Incapable de mémoriser des choses qui ne font pas partie de l'ailleurs, comme quand ma mère me dit : « Rosalie, tu as encore oublié d'aller chercher le pain. » Je suis hantée en permanence par des angoisses et des fantômes d'un réalisme insoutenable. J'ai toujours douté de mes capacités. Depuis toute petite. Même si je suis encore petite. À ma naissance, mon premier cri fut, assurément, un cri d'horreur. Dans le fond, je crois que je suis assez compétente dans la dépression. La seule joie de mes journées, c'est quand je trouve l'endroit pour potentiellement me tuer. J'ai également un goût prononcé pour l'autodestruction, ce qui me procure une jouissance phénoménale ! Je déguise mes chagrins sous une sorte d'impertinence. Et je préfère rire de l'absurdité de la vie pour ne pas trop souffrir. C'est pour ça qu'on dit que je suis rigolote. Le clown triste c'est un cliché, mais c'est très juste.

Je suis un clown désespéré, timide et incompris.

Mes parents le voient bien. Et même si, de temps en temps, je les prends pour des imbéciles, ils ne sont pas si bêtes. Ils s'inquiètent.

On est allés voir quelqu'un. Un psychiatre. Pour essayer de lutter contre cette « timidité ». Il m'a dit de travailler dans l'Effexor. Je le fais d'ailleurs avec une certaine satisfaction. Mon psychiatre l'appelle « ma vieille maîtresse ». C'est assez juste. Ça a quand même un gros inconvénient. Ça enlève beaucoup la mémoire et c'est très ennuyeux. Et puis ça n'empêche pas mes parents de s'inquiéter. Et moi, ça m'embête que mes parents s'inquiètent. Ça me rend encore plus triste parce que je me dis que c'est de ma faute s'ils s'inquiètent. Je me sens comme une mauvaise fille. Et dans ces moments-là, j'ai un goût prononcé pour le marasme. Je suis là. J'attends. J'attends que les nuages noirs passent. J'attends que ça passe. J'attends que quelque chose se passe.

Un jour, j'en ai eu tellement marre que je me suis même adressée à Dieu alors que d'habitude mon rapport au spirituel est une envie de rire phénoménale. Je lui ai dit : « Nom de Dieu de bordel de merde, tu vas faire quelque chose oui ?! » C'était, certes, complètement dérisoire, mais je me suis lavé les dents et je me suis couchée quand même contente.

– Papa, maman –

Le lendemain matin, je me suis levé. Je devais aller à l'école. Mais j'avais un truc qui me chatouillait au-dessus de la bouche. J'ai touché. Ça piquait un peu. Mais c'était doux aussi. Je suis allé dans la salle de bains. Je suis monté sur le rehausseur pour voir dans la glace. Et je me suis vu. Avec une moustache. J'ai souri. Je n'avais plus l'air de ce que j'étais. Une vraie saloperie. Un faux-derche sans lèvres. Je me suis dit : « Jean, ça te va bien. »

Je suis descendu dans la cuisine pour prendre mon petit déjeuner. Papa et maman étaient là. Je me suis assis sur ma chaise et j'ai commencé à boire mon cacao. Je voyais bien que mes parents ne disaient rien. Ils me regardaient d'un drôle d'air, avec dans l'œil comme une apocalypse immédiate possible. J'ai dit : « Qu'est-ce qu'il y a ? » Maman a dit : « Rosalie... » J'ai dit : « Jean !

– Quoi Jean ?

– Je m'appelle Jean. Jean Rochefort.

– Et comment ça tu t'appelles Jean Rochefort ?!

– Parce que c'est comme ça. »

Papa et maman se sont regardés. Maman a dit :

« Et depuis quand tu t'appelles Jean Rochefort ?!

– Depuis ce matin. Vois-tu, maman, quand le bateau de la vie est déjà loin sur la mer, le capitaine doit savoir faire le point dans la tempête. J'ai fait le point. Avec Dieu. Je Lui ai demandé hier soir qu'il se passe quelque chose. Et ce matin, je m'appelle Jean Rochefort.

– D'accord. Mais cette moustache ?!

– C'est ma moustache.

– Et pourquoi tu portes la moustache ?

– Parce que sans moustache, j'ai l'impression de ne plus avoir de slip. »

Je ne pouvais pas être plus clair. Mon père mâchait lentement sa tartine de confiture.

Il regarda ma mère. Il continua à mâcher sa tartine de confiture et il dit d'un air entendu : « La moustache arrangera tout. »

– Jean –

Mais au moment de m'habiller, j'ai dit à maman :

« Maman, il me faut des habits ! De nouveaux habits !

– Mais les tiens ne conviennent pas ?

– Ce ne sont pas les miens. Ce sont ceux de Rosalie. »

Nous sommes donc partis à la recherche de mes nouveaux habits.

J'ai trouvé une chemise blanche à col Claudine, assez chic. C'était du lin. Des bretelles vertes. Un pantalon en velours côtelé très « gentleman-farmer » mais pratique. Et jaune. Un pull-over aubergine et des chaussettes couleur rouille. Sans oublier des prothèses festives. Une imitation de guêtres bicolores noir et blanc. Je les avais choisies amusantes tant qu'à faire. Il y a quand même une coquetterie chez moi. Le confort oui, mais le laisser-aller jamais. Voilà. J'avais l'air de ce que j'étais.

– L'école –

On est arrivés à l'école. Maman m'a accompagné jusque dans la cour. Elle ne le fait jamais d'habitude mais elle voulait parler à Jean-Pierre, mon maître. J'ai bien vu qu'en traversant le préau, on me regardait bizarrement. On chuchotait sur mon passage. Ma mère est allée saluer Jean-Pierre. Simon est arrivé. Simon m'a regardé. Longtemps. D'ordinaire, il ne me regarde pas vraiment. Mais là, ce n'était pas pareil. Et puis il a dit : « Cool la stache-mou ! » C'est pour ça que j'aime bien Simon. Parce qu'il ne pose pas de questions. Il se contente de ce qu'il a en face de lui.

Enfin là, il m'en a quand même posé deux, de questions. Simon a dit :

« Tu es toujours Rosalie ?

– Je suis Jean Rochefort

– Tu es un garçon ou une fille ?

– Je suis pastel. »

Simon a réfléchi. Et quand Simon réfléchit, ça se voit. Et puis il a dit : « Cool ! » Et on s'est mis en rang pour entrer dans la classe.

En partant, maman m'a fait un bisou. Elle a dit : « Tu piques. » Et elle a souri.

Puis elle a dit : « À la cantine, fais en sorte que ta moustache ne devienne pas un garde-manger à oiseaux. Une moustache, ça s'entretient, Jean. »

Et elle a souri. Encore.

Et j'ai souri. Aussi.

À un moment, dans la classe, Jean-Pierre a demandé nos dissertations qu'on devait rendre pour aujourd'hui. Tout le monde lui a donné. Sauf moi. Quand il s'est approché de mon bureau, il a dit :

« Rosa... Jean, elle est où ta dissertation ?

– Je ne l'ai pas, monsieur.

– Tu n'as pas écrit ?

– Si. J'ai beaucoup écrit...

– Ben alors ?!

– ... mais je me suis relu.

– Ah !

– Pourtant j'avais bien commencé. J'avais acheté un crayon et une gomme.

Et j'ai assez vite ressenti du plaisir d'ailleurs...

– Tu vois !

– Mais du désespoir aussi.

– Et pourquoi ?

– On écrit le soir. On se couche radieux. Et le lendemain matin on a envie de se foutre par la fenêtre.

– Pourtant je pensais qu'écrire sur toi, sur vous tous, ce serait un exercice plutôt facile ?

– Vous savez, monsieur, écrire “je suis né à telle heure” est totalement dénué d'intérêt pour moi. Le seul intérêt de l'écriture, c'est qu'on est assis.

– Mais tu aurais aimé écrire sur quoi alors ?

– Les animaux et l'anthropophagie.

– L'anthropophagie ? »

Il y a quelqu'un dans la classe qui a dit : « C'est quoi l'anthropophagie ? »

Il y a quelqu'un d'autre dans la classe qui a dit : « C'est quand on pète ! »

Tout le monde a ri. Jean-Pierre a dit : « Non, ça c'est l'a-é-ro-pha-gie. L'anthropophagie c'est une pratique qui consiste à consommer de la chair humaine. C'est du cannibalisme. »

Il y a quelqu'un dans la classe qui a dit : « Aaaaaah mais c'est dégueu ! Je préfère l'aérophagie. » Tout le monde a ri. Jean-Pierre a répété :

« Mais pourquoi alors les animaux et l'anthropophagie, Jean ?

– Parce que j'ai honte d'être un humain, monsieur.

– Pourquoi as-tu honte ? »

Et j'ai dit dans un souffle : « Parce qu'à part les chimpanzés et quelques espèces de fourmis, nous sommes les seuls prédateurs de nous-mêmes. Nous nous entre-tuons. Nous tuons sans manger, ce que les autres espèces ne pratiquent pas. C'est complètement absurde ! Pourquoi ne nous mangerions-nous pas alors ? Et puis, pourquoi élevons-nous de manière atroce les animaux pour les manger par milliards ? Nous aimons les animaux. En tout cas, moi j'aime les animaux. J'ai un chien. Des pigeons. J'avais des faisans dorés mais une martre les a mangés. Vous savez ce que c'est une martre, monsieur ? Oui ? Bon ben n'y a-t-il pas une contradiction ? Ça veut dire que tous les gens qui aiment les animaux devraient devenir végétariens ? J'ai d'ailleurs remarqué que les cabanes à poulets, architecturalement, c'est complètement pompé sur Auschwitz. Attention, je ne compare pas. Je dis juste que c'est le même bâtiment. »

Voilà, j'avais fini. J'étais essoufflé. Ça venait de loin tout ça. Je n'avais pas ménagé mon enthousiasme.

Il y a quelqu'un dans la classe qui a dit : « C'est quoi Ochitz ? »

Il y a quelqu'un d'autre dans la classe qui a dit : « C'est un mot qui veut dire merde en anglais. » Tout le monde a ri.

Jean-Pierre a dit : « Non, non ce n'est pas ça du tout… » Puis la sonnerie a retenti. C'était l'heure de la récré. Ce n'était plus l'heure des explications et tout le monde est sorti. Moi, je suis resté un peu pour reprendre ma respiration et mes esprits. Jean-Pierre était là. Silencieux. Il me regardait. Il a dit d'un air doux : « Ça va, Jean ? »

Je l'ai regardé et j'ai dit :

« Oui. Je vais bien.

– Ça fait du bien de tout sortir de temps en temps, hein ?

– Oui. Mon cortex m'a laissé tranquille pour une fois. »

J'ai souri. Jean-Pierre aussi. Et je suis sorti.

– L'invitation –

J'ai rejoint Simon sous le préau. Pénélope est arrivée. C'est une fille qui est dans ma classe. Elle ne se prend pas pour n'importe qui. Elle veut être populaire. Elle a dit qu'elle organisait une grande fête costumée pour son anniversaire. Elle a dit que ce serait la plus belle de l'année. Elle est comme ça, Pénélope. Toujours sûre. Et c'est ridicule. Elle m'a tendu un petit carton. Elle a dit d'un air à la fois enjoué et pincé : « C'est l'invitation pour mon anniversaire et c'est costumé ! » J'ai pris le carton et j'ai dit : « Elle n'est pas pour moi. » Je lui ai retendu l'invitation.

Pénélope l'a prise, a vérifié le nom inscrit dessus et elle a dit, comme si j'étais le dernier des pousse-mégots : « Ben si ! C'est marqué Rosalie Pierredoux. » J'ai dit : « Je m'appelle Jean Rochefort. » Elle est partie en courant. Elle est revenue en courant et elle m'a tendu l'invitation d'un geste sec. Elle a dit d'un ton agressif : « Elle est toute salopée maintenant, mais tiens, la v'là ton invitation. JEAN ROCHEFORD !!! » Elle avait rayé « Rosalie Pierredoux » et mis « Jean Rocheford » à la place. Avec un « d ». J'ai quand même pris l'invitation.

En voulant la ranger dans ma poche, j'ai regardé Simon puis Pénélope et j'ai dit : « Et Simon, il n'est pas invité ? » Pénélope a dit : « Non. » J'ai dit : « Simon, il travaille bien à l'école. Quand quelqu'un n'a pas de goûter, il partage toujours le sien avec les autres. Il ne se bagarre jamais. Il aide les plus petits à mettre leurs manteaux et il n'est pas invité ?! » Simon a dit :

« Non mais t'inquiète, Jean, ce n'est pas grave...

– C'est ignoble, tu veux dire ?! Ça me révolte ! Tu peux garder ton invitation, Pénélope ! »

Je lui ai retendue. Simon ne savait plus où se mettre. Mais Pénélope savait très bien où elle voulait me la mettre, l'invitation. Elle est partie en courant. Et cette fois-ci elle n'est pas revenue. Simon regardait ses pieds. Il a dit :

« Je peux m'en passer de cet anniversaire costumé, tu sais.

– Je sais. Mais je n'y vais pas sans toi. Ce n'est pas tous les jours qu'on a la chance d'avoir un copain extraordinaire. »

Simon a rien dit. Mais il a rougi. Puis il a lâché :

« Ça fait du bien de tout sortir de temps en temps, hein ?

– Oui, c'est la deuxième fois que mon cortex me laisse tranquille aujourd'hui. »

Simon a souri. J'ai souri. Aussi.

Le lendemain, Simon avait le sésame dans la poche. Moi aussi.

Nous irions, ensemble, à l'anniversaire de Pénélope.

– Les déguisements –

On était samedi. Jour de guinche. Simon est venu me chercher. On allait ensemble à l'anniversaire de Pénélope. Ça a sonné à la porte. J'ai ouvert et c'était Simon. Je l'ai regardé et j'ai dit :

« T'es déguisé en quoi ?

– En Philippe Noiret.

– Le cigare te va bien.

– Merci. Et toi ? T'es déguisé en quoi ?

– Ben, ça ne se voit pas ?!

– Non.

– Ben, en Étienne Dorsay ?! »

Simon a réfléchi. Il a dit : « Cool ! » Je crois qu'il n'avait aucune idée de qui pouvait bien être Étienne Dorsay mais, pour ne pas me vexer, il a fait comme si. Et on est partis.

On a sonné à la porte de chez Pénélope. On a attendu. J'avais le vent qui s'engouffrait sous ma robe de chambre. Ça faisait des guilis sur mes jambes. Et un peu au-dessus aussi. La porte s'est ouverte, c'était Pénélope. Enfin, je crois. J'ai dit : « T'es déguisée en quoi ?

– Ben, ça ne se voit pas ?!

– Non. »

Simon a dit non aussi. Pénélope a dit un peu vexée et d'un air supérieur : « En Rachida Dati ! » Simon a dit : « Cool ! » Je crois qu'il n'avait aucune idée de qui pouvait bien être Rachida Dati. Je n'ai rien dit. Pénélope a continué : « Et vous, vous êtes déguisés en quoi ? » Simon a dit : « En Philippe Noiret. » J'ai dit :

« Ben, ça ne se voit pas ?!

– Non.

– En Étienne Dorsay ? C'est-y pas "sensass" ?! »

Pénélope-Rachida n'a compris ni Étienne Dorsay ni « sensass ». Mais on est quand même entrés. Elle avait mis les petits plats dans les grands. Il y avait des ballons partout, des confettis aussi, de quoi tenir un siège en nourriture et en libations. Et des invités bien sûr.

On a croisé un joueur de tennis, un Alain Souchon, un Johnny Depp époque Don Quichotte, une Mylène Farmer, une Blanche-Neige noire et même Mimie Mathy, notre grande artiste populaire, en Joséphine ange gardien. Vous avez déjà regardé un *Joséphine, ange gardien* ? Je m'en suis tapé un en entier, ce n'est pas possible.

Elle assassine nos contemporains ! Bref, nous n'en étions qu'aux hors-d'œuvre que je me demandais déjà ce que je foutais là tandis que les autres semblaient s'arranger avec le monde.

– Édouard –

Et puis là, au milieu de ce salon bourgeois, je l'ai vue. L'extrémité antérieure d'un canasson. La figure de proue équidéenne. Une tête de cheval. Une vraie, formidable, majestueuse et gigantesque tête de cheval. Elle formait une sorte de dais au-dessus d'un visage poupin, pour le coup, lui, très homo sapiens sapiens.

Depuis mon arrivée à cet anniversaire costumé et postiché, et devant ce tableau de l'espèce humaine représentée ici par une mini-Rachida Dati, une Mi-mie Mathy, un semi-Alain Souchon, un demi-Johnny Depp, une Mi-Lène Farmer, une Blanche-Neige noire, un

Philippe, lui, Noiret et – ne boudons pas le plaisir de me mettre dans le lot – un Étienne Dorsay à moitié nu, nous étions, je dois le dire, les plus loupés des travestis. Les autres espèces, représentées exclusivement ici par la famille des équidés, me semblaient beaucoup plus intéressantes. Il se passait enfin quelque chose. Je ne savais pas vraiment pourquoi j'étais venu à cet anniversaire mais je savais désormais pourquoi je devais rester.

Je me suis approché de l'animal. J'ai dit : « Salut, je m'appelle Jean. » En me regardant de ses quatre yeux, l'étalon a répondu : « Salut, moi c'est Édouard. J'ai 9 ans. » « Édouard »... n'avait-on pas inventé sobriquet plus charmant pour baptiser une telle bourrique ! Comme j'ai un goût de la passion amoureuse assez développé, je l'ai tout de suite aimé passionnément, cet Édouard. D'un emballement violent, éprouvé, ressenti que je ne supportais pas de ne pas vivre. Et puis c'était de notoriété publique que les rapports entre l'homo sapiens sapiens et les animaux s'étaient nettement améliorés depuis la fin du XXe siècle. Le cheval n'était plus une simple voiture, un simple matériel pour sauter. Entre nous, cela ne pouvait que coller. J'aimais ce côté zoologique que je ne retrouvais dans aucun autre des invités présents. J'anticipais à demi-mot des « Doudou la rafale » murmurés à son oreille, faisant fi de toute distance et de toute pudibonderie. Dans mes rêves, je me promenais sur son dos, mû par une complicité énorme. Si délicieux, si charmant, si Pégase séduisant, que je l'épouserais volontiers sur-le-champ. Oui, même si je n'avais que 8 ans. Je devais lui dire. Je devais lui montrer ce désir brutal que j'avais pour lui. Mais déclarer ma flamme, moi, le timide, était une autre paire de manches. Surtout en robe de chambre. Il faut être motivé pour entreprendre des choses aussi impudiques – parce que c'est impudique de faire ça. Je n'étais pas un dragueur. Pour moi, la séduction n'existe pas si on n'en est pas conscient, sans quoi cela devient une obscénité et d'une sottise incroyable. J'étais réellement comme habité par l'envie d'être ce cavalier qui marche vers l'étalon sans avoir réglé ses comptes. Comment lui faire comprendre ?

C'est alors que retentit la musique. Et je sus immédiatement ce que je devais faire. J'allais danser pour lui. J'allais l'hypnotiser tel le tango d'un paradisier de Nouvelle-Guinée. J'allais lui en faire voir de toutes les couleurs.

Je commençai chastement par une danse des doigts. Puis je me mis à tourner, virer, virevolter. Je m'approchais. Je reculais. J'allais à droite. J'allais à gauche. Pas de côté. Pas chassé. Mes bras étaient des serpents. Mes jambes des rubans. J'étais ferme et moelleux à la fois. Entre Charlie Chaplin et Fred Astaire. J'étais amoureux. Édouard l'était aussi à n'en pas douter.

Du moins je le pensais jusqu'à ce que je constate, transpirant tel un bourrin en fin de concours complet, qu'Édouard – mon Édouard ! – avait jeté son dévolu et ses quatre yeux sur Barbara. Pas Streisand. Ça aurait eu au moins le mérite d'être un tantinet exotique. Non. L'autre. Celle qui chante Nantes, cette ville d'une tristesse incommensurable, mélancolique et ennuyeuse à mourir de neurasthénie. Celle qui fait peur. Trop noire et extraordinairement désespérée. Moi, déjà spleenesque, je ne comprenais pas que Doudou s'entiche de Barbie. Je sentais le sirocco de la jalousie me souffler en rafales dans la région du cœur. Le galerne de la déception recouvrir mes ventricules. Bien que si brillant, si bien élevé, de si bonne famille – du moins je le supputais, enivré et aveugle que j'étais – et broyé d'admiration, j'étais a fortiori suffisamment lucide désormais pour n'espérer aucun avenir conjugal.

Le constat était là et sans appel. Édouard ne m'aimait pas.

Mais j'étais tout simplement quelqu'un de bien élevé. Je préférais donc me retirer en « pacifique » que foutre mon poing dans la tête de cet ersatz de Barbara. C'est bête à dire mais je n'ai jamais eu la fibre militaire. Et ne t'inquiète pas, « Doudou », j'ai balancé nos alliances dans le ruisseau du trottoir. J'ai attendu qu'elles plongent, à jamais séparées dans la bouche de l'égout. Et je me suis rassuré comme je pouvais en me disant que, de toute façon, entre toi et moi – et contre nous –, il y avait la différence d'âge. Trois cent soixante-cinq jours, c'était foutu d'avance.

Cependant, je ne pouvais pas ne pas penser qu'Édouard garderait longtemps en mémoire cette image de moi, séducteur à la moustache conquérante, mais ridicule au moment où il ne fallait pas l'être. Et cela n'allait pas arranger ma « timidité » qui me collait aux charentaises. Je décidais donc de me retirer. La tête basse. La mine plombée. La robe de chambre en berne. Et le chausson lent.

Simon-Philippe Noiret me trouva accoudé au balcon de Pénélope-Rachida Dati. Je me morfondais et extrapolais déjà avec une rapidité névrotique et pathétique un plan pour pouvoir sauter sans que ma robe de chambre dévoile mon intimité à la cantonade. Mourir oui, mais dignement. Simon a dit :

« Ben Jeannot, pourquoi t'es tout seul ?

– Mon amour-propre vient de se prendre une gifle phénoménale par un bourricot. Ce n'est pas le genre de chose que tu étales comme la confiture. Et puis, j'ai pour la solitude un goût qui confine à la misanthropie, même si je suis content de te voir.

– T'as juste pas misé sur le bon cheval.

– J'ai pris une gamelle. Le cheval m'a fait divorcer sans même qu'il s'en aperçoive. Tu parles d'une prouesse ! Pourtant je lui aurais préparé son box. Je l'aurais nourri. Je l'aurais brossé et natté. Cela aurait ressemblé au bonheur. Ma victoire aurait été que mon étalon ne passe pas un moment trop désagréable avec moi.

– Qu'est-ce qui te plaisait chez lui ?

– Le fait d'être costumé en cheval. D'être hors norme. Hors des mouvances du politiquement correct. Il avait une individualité généreuse !

– Tout ça pour un étalon.

– Tout ça pour un cavaleur ! »

Simon a souri. J'ai souri. Aussi. Tristement. Simon a dit :

« Tout à l'heure ta danse, elle était cool, Jeannot.

– Merci. Tu es bien le seul à le penser. Je suis timide, mais la timidité donne de l'imagination. Et elle donne l'audace du désespéré. Le coup de boutoir en somme.

– Ben, c'était un coup de maître.

– Tu sais quoi ?! Je vais clore définitivement le chapitre "avoine et foin".

– Cool ! »

Sans le savoir, Simon venait de me sauver. Notre complicité m'avait rendu meilleur.

– Les poulets –

Sur ces entrefaites, Pénélope-Rachida est arrivée. Elle portait un plateau. Elle me l'a tendu. J'ai dit :

« C'est quoi ?

– Ce sont des petits sandwichs au poulet. »

Et elle a précisé d'un air satisfait : « Que j'ai faits moi-même ! » Le succès et le pouvoir rendent souvent stupide et arrogant...

Sans que je m'en rende compte, cette danse nuptiale sans avenir m'avait non seulement brisé le cœur mais aussi creusé le ventre. Il criait famine, le bougre. J'ai dit : « Merci. J'avais faim. » Simon, qui n'avait pas le cœur brisé mais le ventre tout aussi creux, voulut lui aussi se servir. Il avança une main vers le plateau quand Pénélope dit : « Ah non ! Toi, tu prends ceux-là ! » Elle lui tendit une assiette sur laquelle végétaient quelques nuggets rabougris. J'ai suspendu mon geste. Simon a suspendu le sien. J'ai regardé Simon. Simon m'a regardé. J'ai regardé le plateau. Simon a regardé l'assiette. Simon a regardé le plateau. J'ai regardé l'assiette. J'ai regardé les nuggets rabougris. Simon a regardé les sandwichs généreux. Pénélope m'a regardé mais n'a pas jeté un œil sur Simon qui, lui, l'a regardée. J'ai regardé Pénélope. Simon a regardé ses pieds, tout penaud. Et j'ai dit :

« Ça veut dire quoi, ça ? Qu'il y a des sandwichs différents pour des invités différents ?

– Disons que le poulet n'est pas le même.

– Donc si je comprends bien. Il existe du poulet de pauvre. Et du poulet de riche ?!

– Mais non, mais… »

Les invités commençaient à s'agglutiner autour de nous, ameutés par mon ton qui montait par-delà le balcon. J'ai dit encore plus fort : « Donc le poulet de Simon, c'est un poulet de pauvre. Et mon poulet, c'est un poulet de riche, c'est ça ?! » Pénélope, de plus en plus mal à l'aise, a dit :

« Ce n'est pas ce que je…

– DONC SIMON, IL EST MOINS IMPORTANT À TES YEUX QUE MOI ! C'EST ÇA, RACHIDA ?! »

Elle était figée. Elle marmonnait dans sa barbe. Tout le monde nous regardait maintenant. J'ai dit : « LE RESPECT DU VIVANT, QUE CE SOIT CELUI DES POULETS OU CELUI DE SIMON, DANS CES CIRCONSTANCES, ME SEMBLE NÉCESSAIRE… » Et je ne pus m'empêcher d'ajouter, en regardant Pénélope-Rachida droit dans les yeux : « VOLAILLE DE MERDE ! »

Et j'ai pris tous les poulets. Les rabougris et les généreux. Les nuggets et les sandwichs. Les « du pauvre » et « du riche ». Je les ai mélangés, malaxés, écharpés, mixés, associés, combinés, touillés, brouillés, broyés pour en faire une sorte de pâte agglomérée et absurde. Et j'ai tout mis dans la première chose que j'avais sous les yeux. Un pot. Et j'ai tassé, tassé, tassé et tassé encore. J'ai colmaté et colmaté de plus belle pour que Pénélope ne puisse jamais l'enlever. Pour que ce poulet fait de rien et de tout reste collé à vie à ce pot et à son fondement. J'ai retiré ma main. Je l'ai essuyée sur ma robe de chambre parce que apparemment la Pénélope-Rachida en faisait peut-être des caisses, mais question ménage il y avait quand même à redire niveau poussière.

C'est alors que j'ai constaté le silence. Très silencieux. Trop silencieux. Et Pénélope-Rachida est entrée dans une fureur monstre, doublée de larmes de colère, triplée d'une morve de détestation. Sur le coup, je n'ai pas compris cet élan incontrôlé. J'y étais allé un peu fort, certes, mais c'était elle qui avait commencé. Je me suis dit qu'elle était complètement folle. Simon, qui n'avait rien dit, a pris le pot presque aussi lourd que lui. Il m'a fait lire la petite plaque vissée dessus. Moi qui ne me trouvais déjà pas beau, je me suis senti minable devant cette illumination.

Simon a reposé le pot. Il s'est retourné vers moi et il m'a dit doucement : « On s'en va, non ? » J'ai fait oui de la tête et je me suis dit que tout ça ne serait jamais arrivé à Gary Cooper.

On est parti. Sur le chemin du retour, Simon a dit : « Merci. » J'ai dit :

« De quoi ? J'ai tout mis en miettes.

– Surtout le poulet. »

Et il a souri. Pour détendre l'atmosphère. Simon a redit : « Merci. » Et j'ai compris. J'ai dit :

« De rien. Le moindre petit détail peut donner du courage.

– C'était quoi le détail ?

– Le poulet. Et surtout la bêtise. Ce n'est pas possible, la bêtise. »

Simon a souri. J'ai souri. Simon a dit :

« Ça fait du bien de tout lâcher parfois, hein ?!

– Oui. C'est la troisième fois que mon cortex me laisse tranquille. Mais là, il m'a peut-être un peu trop foutu la paix. »

– Papy –

Papa et maman ont eu vent de l'anniversaire. Ils m'ont quand même demandé comment ça s'était passé, histoire d'avoir mon son de cloche. Je m'en tirai sur le moment par quelques phrases dont la beauté littéraire ne me faisait que gagner du temps sur des événements dont je n'étais plus le maître. Papa et maman n'ont rien dit. Rien ajouté. Ils devaient parler de moi. Ensemble. Entre eux.

Mais ils voyaient bien que j'étais fébrile. Aussi.

Papy est arrivé. Il s'est assis à côté de moi. Il a dit : « À part ça, quoi de "sensass" ?! » Je supputais que mes parents l'avaient appelé. Mais je ne savais pas s'ils lui avaient tout expliqué de ce qu'il s'était passé chez Pénélope. J'ai fait « pout ! » avec ma bouche pour lui faire comprendre que rien de sensass. Papy a dit : « Alors rien de nouveau ?! » J'ai fait « pout ! » une deuxième fois avec ma bouche pour lui faire comprendre que non. Papy a dit :

« Ah bâ si quand même, il y a du nouveau sur ta face. Elle est belle ta moustache !

– Merci papy.

– Et sinon, qu'est-ce que tu racontes de beau ? »

J'ai soupiré :

« Je me raconte des choses.

– Et quel genre de choses ?

– Des histoires intérieures. »

Papy a dit en se grattant le menton et en montant le sourcil gauche : « Mmm... Ça a l'air sérieux tout ça... » J'ai fait « pout ! » une troisième fois avec ma bouche. Papy a dit :

« Tu veux en parler ?

– Je suis un buvard à émotions, papy.

– Et c'est mal ?

– Quand ça se passe à l'anniversaire de Rachida Dati, que tu tombes amoureux d'un cheval qui s'appelle Édouard et qu'il y a deux sortes de poulet à manger, ce n'est pas évident. On perd toute réflexion. Toute raison. »

Papy a marqué un temps. Puis il a dit d'un air surpris :

« T'étais à l'anniversaire de Rachida Dati ?

– Oui. Et je peux te dire qu'elle est au bord du chaînon manquant ! »

Papy a dit en serrant le poing et en levant les yeux vers le ciel : « Je le savais ! » Il a ajouté :

« Mais mon petit doigt m'a dit que tu avais aussi pris la défense de ton ami Simon.

– Rachida le prend pour un moins que rien. Pour une petite gens. Mais ce qu'elle ne sait pas, Rachida, c'est que les petites gens ont souvent une prodigieuse noblesse d'âme. Et Simon, il a ça. À l'anniversaire, il n'a pas eu le droit de manger le même poulet que moi. C'était inconcevable, tu comprends ?! Deux sortes de poulet. Un bon et un moins bon. Un bon pour moi et un mauvais pour lui. Je l'ai trouvée médiocre, Rachida. Et moi, c'est la médiocrité qui m'exalte, qui stimule mon imagination, qui me pousse hors de mes gonds. Jamais je ne m'investis autant que lorsque je découvre le petit détail sordide qui me convient. Là, le détail, c'était le poulet.

– Et alors ?! »

J'ai dit en resserrant mes genoux dans mes bras :

« Tu ne vas pas être content, papy.

– Dis toujours.

– J'ai jeté les poulets.

– Tous les poulets ?

– Oui, tous les poulets. Les bons comme les mauvais. J'ai tout mélangé. J'ai tout malaxé jusqu'à en faire une sorte de pâte. Et j'ai tout jeté.

– Ce n'est pas si grave que ça alors ?!

– Pas dans la poubelle.

– Ben où ?

– Dans un pot. Un gros pot sur le rebord de la cheminée. J'ai tout jeté dedans et j'ai tout tassé. Très fort.

– Écoute, ce n'est pas très sympa mais ce n'est pas très grave non plus. C'est juste un pot. »

Et là j'ai dit en serrant encore un peu plus mes genoux dans mes bras :

« Ben non, ce n'était pas "juste" un pot.

– Un vase ?

– Non.

– Une sculpture ?

– Non.

– Ben quoi alors ?!

– C'était la mamie de Rachida.

– Hein ?!

– La mamie de Rachida, elle était dans le pot. Avec les poulets. »

Papy s'est tu pendant un long moment. Et puis il a dit très doucement en séparant chaque mot : « T'as-tassé-les-poulets-dans-l'urne-funéraire-de-l'ancêtre ?! » Et j'ai prononcé un tout petit oui. Un oui tout aigu, tout étranglé, tout plaintif. Je voulais disparaître dans mes genoux. Ne plus exister. Je ne voyais plus papy. Je sentais qu'il était toujours là à côté de moi mais je ne le voyais plus. J'attendais l'immense soufflante que je méritais. Je ne l'avais pas chouravée, celle-là !

Et puis je l'ai entendu. Ce son. Cette force de persuasion énorme. Cet immense éclat de rire. Ce cri de joie incontrôlable et dantesque. J'ai vu mon papy hurler de gaieté, se tenir les côtes et faire perler des larmes à la commissure de ses paupières.

J'ai entendu des AHAHAHAHA ! Des OHOHOHOHO ! Des UHUHUHU ! Entre deux hoquets. Il riait. Encore. Beaucoup. Toujours plus fort. À ne plus savoir s'arrêter. Il basculait d'avant en arrière. D'arrière en avant. Il tapait de sa main sur sa cuisse.

Et quand je pensais que ce tsunami simiesque allait s'arrêter, cela reprenait de plus bel. Magnitude 6. Je ne savais plus quoi faire. J'avais arrêté de me cacher la tête dans mes genoux. Je le regardais affolé et en même temps soulagé de sa réaction. Je me rendais compte que je faisais rire la gorge serrée.

Au bout de plusieurs minutes, les monceaux de rire de papy dégrossirent pour devenir des petits soubresauts de joie échouant au bord de sa bouche. Il s'essuya les yeux avec son mouchoir à carreaux. Ils étaient rouges et humides. Ses yeux. Les carreaux aussi. Il renifla. Il se moucha entre deux petits rires échappés. Il replia le mouchoir d'un geste lent, le remit dans la poche de son pantalon en levant un peu la fesse. Il expira un grand coup, les deux mains posées sur ses genoux et tournées vers l'intérieur. La tempête était passée. J'ai tenté un timide : « T'es pas fâché ?! » Il a dit en clignant des yeux : « Non. » Il a ajouté dans un petit pouffement à peine contenu :

« Mais le poulet dans l'urne de la grand-mère, tu évites maintenant.

– Oui. Je te promets, papy.

– Je suppose que Rachida n'était pas contente.

– Elle était furieuse tu veux dire. On n'est pas restés, Simon et moi.

– C'est plutôt normal non, tu ne crois pas ?

– Oui.

– T'as l'intention de t'excuser ?

– Oui, papy. Lundi. À l'école. »

Puis on n'a plus parlé pendant un moment. Et j'ai lâché :

« Tout ça pour une histoire de poulet.

– Non. Tout ça pour une histoire d'amitié. »

J'ai regardé papy. Papy m'a regardé. Il m'a souri. Je lui ai souri. Le moindre petit détail peut donner du courage…

Il a ajouté : « Et alors cet Édouard dans tout ça ? » J'ai dit, résigné : « Tu sais, papy, ma joie c'est d'aller m'emplafonner dans quelque chose qui m'enthousiasme. Dussé-je aller chercher mes dents ensuite sur le trottoir. » Il y a eu un silence.

« Il ne t'aime pas, le poney. C'est ça ?!

– Non. »

Et j'ai remis mes bras autour de mes jambes. Papy a dit :

« Je vois…

– Il préfère Barbara.

– Streisand ?

– Non. L'autre.

– Ah… Avec Streisand, ça aurait au moins eu le mérite d'être un tantinet exotique.

– Papy, toi qui as déroulé du câble, ça se passe toujours comme ça les histoires d'amour ?

– Comment ça ?

– Ben, tomber amoureux comme un fou. Être déçu. Éconduit. Et avoir envie de se pendre.

– Non. Pas toujours. Un jour tu tombes sur celui ou celle…

– … qui te ramène à la surface de la vie ? »

Papy a souri. Il a dit : « Exactement. » Il y a eu un silence. Et puis j'ai dit dans un soupir : « Tout de même. Quelle branlée ! »

Et on est restés longtemps comme ça à regarder devant. Sans mot dire.

Puis papy a fait :

« La moustache, tu comptes la garder longtemps ?

– Je ne sais pas, papy. Mais je me sens moins bancal depuis qu'elle est au-dessus de ma bouche.

– Ça veut dire quoi ?

– Je dis ce que j'ai sur le cœur depuis qu'elle est là. Enfin, plus qu'avant. Mon cortex me laisse un peu plus tranquille. Je réfléchis moins. Je me sens moins médiocre. Et si je me sens médiocre, ça m'exalte plus que cela me désole. Je vis encore de très grands moments de honte, comme à l'anniversaire, faut pas croire. Édouard m'a foutu le cœur en jeu d'osselets. Vraiment. J'appelle ça une blessure de guerre. Mais avant je l'aurais laissée à l'air libre pour qu'elle se putréfie et qu'elle m'emmène jusque vers la gangrène. Aujourd'hui, je la lèche pour qu'elle cicatrise plus vite. Je suis lucide, papy. Je suis un pessimiste militant, je le sais. Mais la moustache m'aide à ne pas avoir une vision que verticale des choses. Elle me permet de ne pas trop m'en vouloir. Tout ce qui peut me transformer, tout ce qui peut faire de moi un autre, je l'accepte. Cela me permet de sortir de moi-même. C'est douloureux mais dans le fond gratifiant. »

Papy n'a rien dit. Il m'a regardé. Il a levé mon menton avec son doigt tout calleux. J'avais les yeux qui brillaient comme derrière une vitre. Il avait les yeux qui brillaient aussi mais ce n'était pas de rire cette fois-ci. Il a dit : « Alors, on va la garder encore un peu cette moustache. » J'ai attendu et j'ai répondu :

« Papy, tu sais que je ne m'appelle plus Rosalie ?!

– Je sais, mon Jeannot.

– Et ça ne te dérange pas trop ? »

Papy a dit d'un air malicieux : « Du moment que tu ne t'appelles pas Rachida. »

J'ai souri. Mais vraiment. Papy aussi. Sincèrement. Et comme lui et moi on n'aime pas ce qui est trop humide et gluant dans les sentiments, il a ajouté en tapant dans ses mains :

« Bon, on se la fait cette partie de ping-pong ?! Parce que l'intérêt de ce divertissement tient à ce qu'il interdit les discussions intellectuelles.

– Oui ! Et je vais te mettre la raclée !

– C'est ça ! Et mon cul c'est du poulet ! »

– Les excuses –

Lundi, je suis retourné à l'école. Je suis allé m'excuser auprès de Pénélope. Pour les poulets. Pour sa mamie. Et pour les poulets dans sa mamie. Je lui ai dit que j'étais désolé d'avoir été si enthousiaste à tasser tout ça au fond de l'urne mais qu'à ma décharge je ne savais pas qu'une mamie pouvait entrer dans un pot et siéger sur le bord d'une cheminée. Je lui ai dit que quand j'avais mis ma main dans l'urne, j'avais trouvé les cendres de sa mamie toutes douces. C'était un compliment. Un enterrement de hache de guerre. Une pirouette. Ce fut un four. Un vent. Une bouse.

Pénélope a été complètement hermétique à mon trait d'esprit et à mon compliment aussi. J'ai senti qu'elle voulait garder la face, coûte que coûte. Elle m'a regardé de haut. Il y avait du mépris et de la supériorité dans son œil. Je l'ai bien vu. En se levant, elle m'a dit que ma moustache ne m'allait pas du tout. Que je ne ressemblais pas du tout à Jean Rochefort. Que j'avais plutôt la tête d'un hérisson. Mal peigné. Et très très mort. Il y a quelque temps, l'entendre me dire cela avec beaucoup de postillons m'aurait tétanisé. Je me serais recroquevillé sur moi-même. J'aurais cherché le premier bord de fenêtre pour en sauter. Je n'en menais pas large, faut pas croire, mais j'ai dit à Pénélope qu'elle avait raison. Je ne ressemblais pas à Jean Rochefort. J'étais Jean Rochefort. Et que je savais aujourd'hui qu'il y avait des gens avec qui j'étais heureux et d'autres avec qui je ne l'étais pas, et qu'il ne fallait pas que je sois avec eux. Je lui ai dit que je n'étais pas heureux avec elle. Ça mettait un sacré coup de talon à sa popularité. Elle a tiqué, évidemment. Elle a voulu avoir le dernier mot et elle a dit que je disais tout ça uniquement pour l'embêter et pour me rendre intéressant, du moins plus intéressant qu'elle. Et ça, Pénélope, elle n'aime pas. Je l'ai regardée. Je n'ai rien dit. Mais cette fois-ci c'est moi qui suis parti.

J'ai retrouvé Simon. Il a dit : « Ça s'est passé ? » J'ai dit :

« Oui.

– Bien ?

– Je me suis fait dézinguer la tronche. Mais je n'ai pas courbé l'échine. »

Simon a dit : « Cool ! »

– La piscine –

L'après-midi, on est allés à la piscine municipale de Saint-Lunaire avec toute la classe et Jean-Pierre. Maman n'avait pas eu le temps de m'acheter un nouveau maillot de bain, alors j'en ai emprunté un. À Rosalie. Mais ça ne m'a pas dérangé. Il était rose. Mais ça ne m'a pas dérangé. Avec des petits volants sur les côtés. Mais ça ne m'a pas dérangé. Quand on est arrivés à la piscine, les garçons sont allés se changer du côté des garçons et les filles du côté des filles. Je suis resté un long moment entre les deux portes. Jean-Pierre est arrivé. Il a dit :

« Tu ne vas pas te changer ?

– Si. Mais je ne sais pas trop où. »

Il a dit en souriant : « C'est toi qui choisis. »

Et j'ai choisi.

On est tous passés sous la douche. On a franchi le pédiluve comme on franchit le Rubicon en priant de ne pas se choper une mycose des pieds. On a tous regardé nos pieds. On n'a pas vu de mycose. Et on est arrivés au bord des bassins. Il y avait le petit bassin et le grand bassin. On était un peu excités. La piscine, ça change de l'école. Il y avait ceux qui disaient qu'ils avaient peur d'aller dans l'eau parce qu'ils ne savaient pas nager. Il y avait ceux qui disaient qu'ils avaient peur d'aller dans l'eau mais qui savaient qu'ils iraient quand même. Il y avait ceux qui disaient qu'ils n'avaient pas peur d'aller dans l'eau parce qu'ils savaient très bien nager. Il y avait ceux qui disaient qu'ils n'avaient pas peur d'aller dans l'eau parce qu'ils savaient très bien nager alors qu'ils savaient très bien qu'ils nageaient comme des parpaings mais ils disaient ça pour se la péter devant les copains. Et il y avait Jean-Pierre qui lui savait tout.

À la piscine municipale de Saint-Lunaire, il y a toujours du bruit parce qu'il y a toujours du monde. On est jamais tout seul à la piscine municipale de Saint-Lunaire. Il y a souvent d'autres classes. D'autres écoles. D'autres élèves. D'autres gens. Donc d'autres bruits que notre bruit. Donc le bruit des autres avec notre bruit à nous, ça fait beaucoup de bruit. Et puis la piscine, ça résonne. C'est incroyable comme ça résonne, la piscine. C'est dantesque ! Mais ce n'est pas qu'à la piscine de Saint-Lunaire. Ça résonne comme ça dans toutes les piscines. C'est comme à l'église. Ça résonne drôlement à l'église. Dans l'église de Saint-Lunaire, ça résonne beaucoup.

Mais ce n'est pas qu'à l'église de Saint-Lunaire. Ça résonne comme ça dans toutes les églises. Comme la piscine. En fait, la piscine, c'est comme si une église était remplie d'eau. Tu parles d'un barouf !

Jean-Pierre nous a dit de rester « groupir » comme il dit. Il a demandé qui, parmi nous, savait bien nager, qui savait un peu nager et qui ne savait pas du tout nager. Moi j'ai dit que je savais bien nager parce que papy m'a appris cet été à la mer. On a passé toutes les vacances à aller voir les poissons sous l'eau près des rochers avec un masque, un tuba et des palmes. Papy a dit que je nageais comme une vraie petite daurade maintenant. Donc Pénélope a tort. Je ne ressemble pas du tout à un hérisson. Je ressemble à une daurade.

Jean-Pierre a dit qu'il allait quand même tester chacun de nous pour connaître notre niveau. Je me suis retrouvé dans le groupe bleu, celui où tu dis que tu sais bien nager. Simon aussi. Jean-Pierre a dit qu'on devait faire un aller-retour du grand bassin sans s'arrêter. Et dans le grand bassin on n'a pas pied. Il a dit aussi qu'on devait sauter du bord parce que si on avait dit qu'on savait bien nager, ça voulait dire qu'on savait aussi sauter. Sans avoir peur.

On était dix dans le groupe bleu. Les neuf premiers sont passés. Ils nageaient bien. Certains vite. D'autres plus lentement. Quelques-uns tenaient plutôt une diagonale qu'une vraie ligne de couloir mais Jean-Pierre a dit que ce n'était pas grave, que le principal c'était de nager et de tenir la cadence. Il a quand même enlevé Rémi du groupe. Il l'a mis dans un autre. Parce que Rémi il a voulu rouler des mécaniques. Et les mécaniques dans l'eau, ça rouille. Au début, c'était du crawl. Puis de la brasse. Ensuite de la brasse coulée. Et au final du coulé tout court. Jean-Pierre a récupéré Rémi avant qu'il n'attaque des tranchées au fond de la piscine.

Simon s'en est sorti comme un chef. Il prend des cours de natation à côté tous les mercredis. Alors forcément, ça aide.

– Vincent –

C'était à moi maintenant. J'étais le dernier. Jean-Pierre m'a dit de me mettre au bord du bassin et de sauter quand je le sentais. Je me suis mis au bord du bassin. J'étais prêt. Et puis d'un coup j'ai levé la tête. Et je me suis mis à courir. Vers la droite. Jusqu'au niveau des frites en mousse que les dames d'un certain âge mettent sous leurs fesses le mardi matin au cours d'aquagym. Je le sais parce que mon papy, il y va au cours d'aquagym voir les dames d'un certain âge se mettre des frites en mousse sous les fesses. Même qu'il les aide. Je sais que d'habitude on n'a pas le droit de courir autour du bassin. C'est in-ter-dit ! Il y a des grandes pancartes sur les murs qui disent qu'il ne faut pas courir parce que ça glisse. Parce que c'est dangereux. Parce qu'on peut tomber. Parce qu'on peut se faire très mal. Mais je n'y ai pas pensé. Je l'ai fait quand même.

J'ai entendu Jean-Pierre crier, les copains aussi mais ils étaient loin et j'étais déjà arrivé au niveau des frites. J'ai sauté dans l'eau. Je suis remonté à la surface. J'ai nagé aussi vite que possible jusqu'au milieu du bassin. J'ai plongé une première fois.

Je suis remonté à la surface. Je n'avais pas réussi. J'ai plongé une seconde fois. Cette fois-ci je l'avais. Je suis remonté à la surface. J'ai repris ma respiration. Et quand j'ai ouvert les yeux, j'étais en face d'un garçon. Enfin, ça ressemblait à un garçon. Ça portait un bonnet de bain, des lunettes et une pince sur le nez. Ça m'a regardé. Ça avait l'air très surpris. Moi aussi j'étais très surpris parce que je ne l'avais pas vu avant de remonter à la surface. Ça, son bonnet, ses lunettes et sa pince sur le nez. On était là, tous les deux, au milieu du bassin. On bougeait des pieds et des mains pour ne pas couler. Pour rester à la surface. Je me suis dit que pour avoir des pieds et des mains, c'est que ça devait quand même s'approcher d'un homo sapiens sapiens. De petite taille. D'un garçon ou d'une fille. Donc quand j'ai vu « ça » faire ça, je me suis dit que ça savait bien nager. Parce que nager en faisant du surplace, ce n'est pas si facile. Vous avez déjà essayé ? Il faut quand même en connaître un sacré rayon niveau natation.

Et puis « ça » a parlé. Ça a dit : « Merci de l'avoir sauvé ! » C'était une voix de garçon. Une voix de canard aussi. Je me suis demandé de quoi il parlait. Et puis je me suis souvenu que je l'avais dans la main. Le maillot de bain. Je lui ai dit : « De rien. Je l'ai vu du bord. Dans l'eau. » Et je lui ai tendu. Il l'a pris. Il a dit, un peu gêné, mais toujours avec sa voix de canard : « Je ne sais pas remettre mon slip de bain au milieu d'une piscine quand je n'ai pas pied. » J'ai dit : « Moi, je sais juste le faire sous la douche. Parce que j'ai pied. » Il a dit : « C'est "sensass" » ! Je l'ai regardé avec des yeux ronds. Il n'y avait pas que moi et mon papy qui disaient « sensass » alors ?! Et puis il a enlevé son bonnet, ses lunettes et la pince de son bec. Je l'ai regardé avec des yeux ronds. Encore. Et j'ai rougi parce que je me suis dit qu'il était, à cet instant, beau. Mais aussi nu comme un ver. J'ai baissé les yeux et j'ai aperçu son zizi dans l'eau à travers les vaguelettes bleues. Et c'était comme si son zizi dansait. J'ai ri. Il m'a dit : « Pourquoi tu ris ? » Il n'avait plus sa voix de canard. J'ai dit : « Je vois ton zizi qui danse une danse orientale. » Il a regardé. Et il a ri. Très fort. Et j'ai adoré son rire. Alors j'ai re-ri de le voir rire et d'entendre résonner mon rire que je n'avais pas entendu depuis si longtemps. Il m'a dit :

« Il est joli ton rire. Et tu nages bien aussi.

– C'est mon papy qui m'a appris. Il dit que je nage comme une daurade.

– Il a raison. Une daurade avec une moustache, ce n'est pas courant, ça. J'aime bien. »

Il a rougi. J'ai rougi et j'ai dit :

« Merci. Mais toi aussi tu nages très bien.

– Je fais de la natation synchronisée depuis un an. Je nage bien mais ça ne m'empêche pas de perdre mon maillot. »

Il a souri. Moi aussi. Il a dit, le regard un peu de côté :

« Je crois que je vais le faire exprès maintenant.

– Quoi ?

– De perdre mon maillot.

– Pourquoi ?

– Pour que tu viennes le chercher. »

Et là, on n'a plus rien dit. On s'est regardés. Je crois que ça a duré longtemps. Ou pas. Je ne sais plus. Il a rougi encore. Et j'ai rougi de nouveau. Puis il a froncé les sourcils. Un peu. Je me suis inquiété. Beaucoup. Et il a dit : « Ta moustache, elle est un peu de biais. J'ai l'impression qu'elle se décolle. » J'ai touché le dessus de ma lèvre. J'ai trouvé que ma moustache était moins attachée en dessous de mon nez. Je l'ai sentie passer au-dessus de ma lèvre supérieure. Ça m'a fait des chatouilles. Je l'ai sentie passer au-dessus de ma lèvre inférieure. Ça m'a fait des guilis. Je l'ai sentie passer sur mon menton. Ça m'a fait des gratouilles. Et puis elle est tombée. À fleur d'eau. Elle flottait. Elle s'éloignait aussi. Elle prenait de la distance. De plus en plus. Puis elle a commencé à se recouvrir d'eau. À prendre l'eau. Et petit à petit, je l'ai vue s'enfoncer tout au fond de la piscine jusqu'à ne plus la voir du tout. Jusqu'à ce qu'elle disparaisse complètement. Je n'ai même pas voulu la retenir. J'aurais pu, mais je ne l'ai pas fait. Je lui ai dit au revoir. Dans ma tête. Et puis je l'ai levée, ma tête. J'ai regardé le garçon.

Il m'a dit : « J'ai 10 ans et je m'appelle Vincent. » J'ai dit : « J'ai 8 ans. Et je m'appelle Rosalie. »

COMPOSITION ET MISE EN PAGES
NORD COMPO À VILLENEUVE-D'ASCQ

CET OUVRAGE A ÉTÉ ACHEVÉ D'IMPRIMER
SUR ROTO-PAGE
PAR L'IMPRIMERIE FLOCH À MAYENNE
EN MAI 2023

N° d'impression : 102581
Dépôt légal : août 2023
Imprimé en France